다
만

KB017137

여
기

풀 꽃

나태주

자세히 보아야
예쁘다

오래 보아야
사랑스럽다

너도 그렇다!

2018. 7. 11
나태주 지은 시를
나태주가 썼습니다.

풀꽃

자세히 보아야
예쁘다

오래 보아야
사랑스럽다

너도 그렇다!

어제 거기가 아니고
내일 저기도 아니고
다만 오늘 여기
그리고 당신.

마기 있어서
비눗ᄋᆞ이야기

사랑짐으로 우리는
비로소 아름답고
떠남으로 우리는
비로소 찬란합니다.

사라져 가는
기찻길 위에
내가 있습니다

사라져가는
하늘길 위에
그때 있습니다

멀리 있어서
정다운 이여,

사랑겨으로 우리는
비로소 아름답고
떠나감으로 우리는
비로소 참답습니다.

나태주 엮어씀

「사라져 가는 기찻길 위에」

오늘도 너는 내 앞에서 / 다시 한번 태어나고 / 오늘도 나는 네 앞에서 / 다시 한번 죽는다

서툴지 않은 사랑은 이미
사랑이 아니다
어제 보고 오늘 보아도
서툴고 새로운 너의 얼굴

낯설지 않은 사랑은 이미
사랑이 아니다
급방 듣고 또 들어도
낯설고 새로운 너의 목소리

나태주 엮어북

그대 눈빛이
가을햇살처럼
눈이 않단가
영해봐야갰습니다

사과 익는 냄새가
향기로운
가을날 오후

맑은 햇살 널비지는
창가에 앉아서

그대에게 편지를 쓰면서

그대의 몸 내음이 어쩌면

사과 익어가는 냄새와 비슷하고

그대 눈빛이

가을 햇살처럼

맑지 않았던가 짐작해보았습니다.

나태주 엽서북

나는 네가 좋은데
너도 내가 좋으냐

하늘 구름에게 말해보고
화분의 꽃들에게도 물어본다

너 죽고 나 죽고
나 죽고 너 죽고

오늘도 우리는 깨진다
오늘도 우리는 해진다
오늘도 나의 새로운 하루가

「나는 흐르는 때」

어제는 너와 나는 죽고
어제의 산과 들과 나무는
더불어 죽고

오늘의 나는 새론이 태어난 너
오늘의 나는 새론이 눈을 뜨는 나

오늘 우리는 새론이 만나고
오늘 우리는 새론이 반쪽이다

나는 흐르는 별
나는 또한 흐르는 물.

나태주 엮시북

반쯤만 보고 / 훔쳐보고

그리고도 남긴 / 부끄러움

진홍빛 이별

길이 넘는

내가 밤에 혼자 깨어
외로워할 때
자기도 따라서
혼자 깨어 외로워하는 사람

내가 앉으며
가슴이 엷어져 갈 때
자기도 따라서
앉으며 가슴이 엷어져 가는 사람

세상에 한 사람쯤
있어 줄까 몰라
그것을 계산 삼아
나는 오늘도 살아가고
내일도 살아갑니다.

그러나
지금
나에게
너는

흘러도 섬 없는 강물

한때 나에게 나는
피어나는 꽃

한때 나에게 나는
이슬 맺힌 풀잎

한때 또 나에게 나는
날아가는 새

그러나 지금 나에게 나는
흘러도 쉼 없는 강물

언제쯤 내가 변하여
소리쳐도 대답 없는 산이 될지 모른다.

나태주 엮시북

시
박 태 준

마당을 쓸었습니다
지구 한 모퉁이가 깨끗해졌습니다

꽃 한송이 피었습니다
지구 한 모퉁이가 아름다워졌습니다

마음 속에 시 하나 싹텄습니다
지구 한 모퉁이가 밝아졌습니다

나는 지금 그대를 사랑합니다
지구 한 모퉁이가 더 깨끗해지고
더 아름다워졌습니다.

시

마당을 쓸었습니다
지구 한 모퉁이가 깨끗해졌습니다

꽃 한 송이 피었습니다
지구 한 모퉁이가 아름다워졌습니다

마음속에 시 하나 싹텄습니다
지구 한 모퉁이가 밝아졌습니다

나는 지금 그대를 사랑합니다
지구 한 모퉁이가 더 깨끗해지고
더 아름다워졌습니다.

수은등 아래 스카프로 귀만 가리고
나를 기다려 주던 사람

장갑 벗고 가만히
차고 조그만 손을 쥐어주던 사람

지금은 없네
내게 가까이 없네.

「내가 떠난 뒤」

때로 사랑은

서로 말이 없이도

서로의 가슴속 말을 마음의 귀로

알아들을 수 있다는 것

때로 사랑은 같은 느낌을 갖는다는 것
함께 땀 흘리며 같은 일을 한다는 것
정답게 손을 잡고 길을 걷는다는 것

그것에 더가 아닙니다

때로 사랑은 서로 말이 없이도
서로의 가슴속 말을 마음의 귀로
알아들을 수 있다는 것

그보다 더 좋을 게 없습니다.

떠나와서

그리워지는
한 강물이 있습니다

헤어지고 나서 보고파지는
한 사람이 있습니다

떠나와서 그리워지는
한 강물이 있습니다
헤어지고 나서 보고파지는
한 사람이 있습니다
미루나무 새 잎새 나와
바람에 손을 흔들던 봄의 강가
눈물 반짝임으로 저물어가는
여름날 저녁의 물비늘
혹은 겨울 안개 속에 해 떠오르고
서걱대는 갈대숲 기슭에
벗은 발로 헤엄치는 겨울 철새들
헤어지고 나서 보고파지는
한 사람이 있습니다
떠나와서 그리워지는
한 강물이 있습니다.

나태주 엽서북

네가 다치한데
꽃이 줄 알았다

너의 예뻐왔지

꽃잎이 예쁜

사랑해주셔서 감사합니다
지구를 떠날 때
남기고 싶은 말

생각을 놓지 않으시어 감사합니다
지구를 떠날 때
다시 남기고 싶은 말

내가 당신한테 꽃인 줄 알았더니
당신이 내게 오히려 꽃이었군요.

나태주 엽서북

숨 쉬기 위해서 그대를 사랑했다
외롭지 않기 위해 그대를 사랑했다
슬프지 않기 위해 그대를 사랑했다

그러나 그대를 사랑할수록
숨 쉬기는 더욱 힘들었고
외로움은 커졌으며
슬픔 또한 늘어났다

아, 그대를 사랑함은 나에게
행복의 가뭄이었다.

「사랑은 구름 너머」

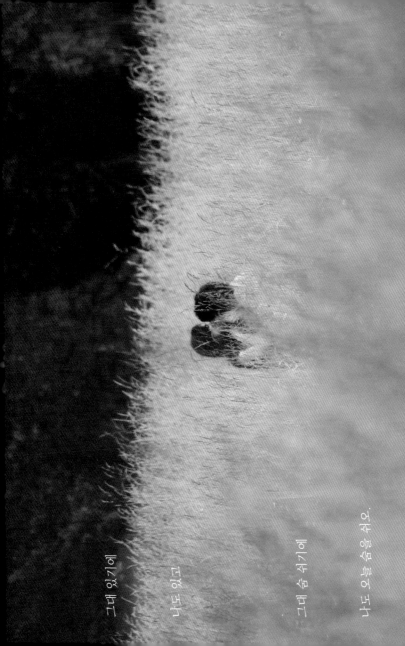

그대 있기에

나도 있고

그대 숨 쉬기에

나도 오늘 숨을 쉬오.

산이 푸르기에
강도 푸르고

산이 깊기에
강도 저래이 깊소

산에 떠노는 산짐승
강에 헤엄치는 물고기

그래 있기에
나도 있고

그대 숨 쉬기에
나도 오늘 숨을 쉬오.

나태주 엽서북

삶

하나를 얻으면
하나를 잃는다
어느것을 잡고
어느것을 놓을 것인가?
오늘도 그것은 나에게
풀기 힘든 문제.

지구는 하나,

꽃도 하나,

너는 내가 피워낸

붉은 꽃 한 송이

푸른 지구 위에 피어난

꽃이 아름답다

바람 부는 지구 위에

네가 아름답다.

「그립다」

쓸쓸한 사람 가을에
더욱 호젓하다

맑은 눈빛 가을에
더욱 그윽하다

그대 안경알 너머
가을꽃 진 자리
무디기 무디기

문득 따뜻하고
부드러운 손길
그립다.

나태주 읍서복

멀리서 빈다

나태주

어딘가 내가 모르는 곳에
보이지 않는 꽃처럼 웃고 있는
너 한 사람으로 하여 세상은
다시 한 번 눈부신 아침이 되고

어딘가 내가 모르는 곳에
보이지 않는 풀잎처럼 숨 쉬고 있는
너 한 사람으로 하여 세상은
다시 한번 고요한 저녁이 온다

가을이다. 부디 아프지 마라!

멀리서 빈다

어딘가 내가 모르는 곳에
보이지 않는 꽃처럼 웃고 있는
너 한 사람으로 하여 세상은
다시 한번 눈부신 아침이 되고

어딘가 네가 모르는 곳에
보이지 않는 풀잎처럼 숨쉬고 있는
나 한 사람으로 하여 세상은
다시 한번 고요한 저녁이 온다

가을이다, 부디 아프지 마라!

괜스레 목이 멘다
어디론가 떠나야만
할 것 같은 조바심

칸 칸마다 고향
캄캄한 밤
별들도 떴다.

내 삶에서 그게 언제일지
나로서는 알 수 없지만.

꽃이 피려면 때를 기다려야 하는
것처럼 모든 일엔 자기만의
속도가 있는 법이다

그때까지 나는

「그대 지키는 나의 등불·29」

그대가 들판 위에 피어 웃는
이름 모를 꽃이라면 나는
들꽃의 키를 불을 간질이는 바람의 손

그대가 깜깜한 깜깜한
밤중의 어둠이라면 나는
미련없이 이고 밤길을 가는 사람의 별

그대가 눈물 머금은
밤하늘의 별이라면 나는
별을 바라보며 웃고 있는 사람의 눈

내 사랑 그대 위에
나는 무엇이 되랴.

나태주 육성북

곁에 앉아계신

따스함만으로도

그대와 나는

가득합니다.

엽차린에 계신 것만으로도 나는
따뜻합니다

그대 숨소리만으로도 나는
행복합니다

굳이 이름을 말씀해주실 것도 없습니다
주소를 알려주실 필요도 없습니다

또한 그대 굳이 나의 이름을
알려 하지 마십시오
주소를 묻지 마십시오

이름 없이 주소 없이 이냥
곁에 앉아 계신 따스함만으로도
그대와 나는 가득합니다.

모를것이다

그것이 사랑인 줄
너는 지금 모를 것이다

나중에도 또 나중까지도
알지 못할 것이다
세월이 많은 것들을
데리고 갔으므로.

조금은 수줍게
조금은 서툴게
망설이면서 주저하면서
반쯤만 눈을 뜨고 바라본 세상

그것이 사랑인 줄
너는 지금 모를 것이다

나중에도 또 나중까지도
알지 못할 것이다
세월이 많은 것들을
데리고 갔으므로.

별들이 대신해주고 있었다-
솔로

바람도 향기 머금은 밤
평지나무 가지 흩날리 가에서
우리는 만났다
어둠 속에서 봉오리 진
하이얀 백자 꽃이 바르르
떨었다
우리의 가슴도 따라서
떨었다
이미 우리들이 해야 할 말을
별들이 대신해주고 있었다.

「별들이 대신해주고 있었다」

바라하 나
나를 좋아하는 사람 대신
나에게

손길을 말하다
얼굴을 말하다
어 말한다 오

바람아, 너
내 대신
아여쁜 사람

고운 볼
드러난 팔과 다리
만지고 오너라

바람아, 너
나를 좋아하는 사람 대신
나에게

숨결을 불어다
입김을 불어다
일 맞춰다오.

「바람에게」

내래주 엽서북

오래 함께 마주 앉아서
바라보는 것

말이 없어도 눈으로 가슴으로
말을 하는 것

보일듯 말듯 얼굴에
웃음 머금는 것

그러다가 끝내는 눈물이 돌아
고개 떨구기도 하는 것.

LOVE LETTERS

어떻게 살았어?
그냥요

어떻게 살 거야?
그냥요

그냥 살기도
그냥 되는 것만은 아니다.

인생에서 가장 중요한 것은 즐겁게 사는 것

마음이 가는대로 행복하게 살아가세요

「지·1」

생각이 머물 때

잊어야 할 사람아

좋아질 때

떠나야 하는 사람아

오늘도 이 자리
떠나야 할 때가
되었나 보다

그때 저 끝만
좋아지니
있어야 할 때가
되었나 보다.

나태주 《꽃서복》

사랑에 답함

나태주

예쁘지 않은 것을 예쁘게
보아주는 것이 사랑이다

좋지 않은 것을 좋게
생각해 주는 것이 사랑이다

싫은 것도 잘 참아주면서
처음만 그런 것이 아니다

나중까지 아주 나중까지
그렇게 하는 것이 사랑이다.

사랑에 답함

예쁘지 않은 것을 예쁘게
보아주는 것이 사랑이다

좋지 않은 것을 좋게
생각해주는 것이 사랑이다

싫은 것도 잘 참아주면서
처음만 그런 것이 아니라

나중까지 아주 나중까지
그렇게 하는 것이 사랑이다.

내가 잎이 없고 싶다

네가 앞에 없는 날은
내 영혼이 더
깨끗해 보인다

하늘 위에 너의 손,
만지고 싶다.

「내가 옆에 있는 날」

삽작눈 내리는 밤길을

혼자 걸었다

옷 벗은 나뭇가지가

하얀 입김이 어쩌면

그리도 정다우냐던

너를 생각하면서

너와 함께 눈을 맞고 싶다는

생각을 다시 하면서.

아침 해가 갑자기 눈부시고

저녁에 지는 해가 문득 눈물겨워지고

아침 이슬이 더욱 맑아 보인다는 것

그것은 보통의 일이 아니다

그것은 오로지 너를 사랑하여

스스로 받는 마음의 선물이니까.

아침 해가 갑자기 눈부시고
저녁에 지는 해가 문득 눈물겨워지고
아침 이슬이 더욱 맑아 보인다는 것!

그것은 보통의 일이 아니다
그것은 오로지 너를 사랑하여
스스로 받는 마음의 선물이니까.

편지

하루의 값은 시간을
다른곳에 다 써먹고
참말유에 어느 가는 어서야
그래 사랑하며느다
그래 보거지르 마히있것느
나의 사랑하는 아들아.

내가 시를 쓸때마다 너는
나의 푸른 중심이 되고 끝내
우주의 중심이 되기도 한다.

지구는 우주 속에서
하나밖에 없는
푸른 생명의 별

나는 또 지구 가운데서도
한국이라는 나라에 사는
시 쓰는 한 사람

너는 또 내가 사랑하여
시로 쓰기도 하는 오직
한 사람 여자

내가 시로 쓸 때마다 너는
나의 푸른 중심이 되고 끝내
우주의 중심이 되기도 한다.

돌담에 기대어 누군가 기다리다
끝내 오지 않는다 해도 좋으리

시든 뒤에도 떨어지지 않는
담쟁이덩굴 잎

오지 않는다 해도 싫어지지 않는
그이기에.

이루어지지 않았다
애달프기만 했다

수평선 멀리 서러지는
배, 가물가물
바람에 날리는 머리칼

향기만 조금 맡었다
잠 이루지 못하는 기인 밤이
여러 날

그리고 예쁘고 사랑스런
핏빛 무늬만 조금 남았다.

「첫사랑」

쓰기가 쉽지 않지만 이라도 한지가 아직 남아 있는 훌륭이라도 쓴대요

햇살이 아직 남아 있는 동안만이라도
네 안에 있게 해다오

멍하니 낮을 놓고 앉아 있는
질그릇 투가리

때 결은 창훈지 문에
서서히 번지는 노을, 그 황톳빛

햇살이 아직 남은 동안만이라도
네 눈을 지켜 눈물 글썽이게 해다오.

나태주 엽서북

하늘 아래
첫 사람을 위하여

세상 끝날까지
변함없을 사람을 위하여

땅 위에서 오직
한 사람만을 위하여.

내 맘 속에 내가 살고
내 맘 속에 내가 산다

내 눈 속에 내가 있고
내 눈 속에 내가 있다

호수가 산을 품고
산이 또 호수를 기르듯

내 맘속에 내가 살고
내 맘속에 내가 산다.

나태주 엽서북

「눈부처」

내 몸에서 2 어리광꽃 내음이 난다

(비 이슬에서 순초꽃 내음이 난다)

네 눈에선 미연탁꽃 내음이 난다
보랏빛

네 입술에선 솜난초꽃 내음이 난다
하늘빛

네 눈 속에서는 촛불이 타오른다
황금빛

그래나 그것은 슬픔수
어딘없는 히방다리.

나 태 주

선물

하늘 아래 내가 받은
가장 커다란 선물은
오늘입니다

오늘 받은 선물 가운데서도
가장 아름다운 선물은
당신입니다

당신 나지막한 목소리와
웃는 얼굴, 콧노래 한 자절 미면
한 마음 바다를 안은 듯한 기쁨이겠습니다.

선물

하늘 아래 내가 받은
가장 커다란 선물은
오늘입니다

오늘 받은 선물 가운데서도
가장 아름다운 선물은
당신입니다

당신 나지막한 목소리와
웃는 얼굴, 콧노래 한 구절이면
한 아름 바다를 안은 듯한 기쁨이겠습니다.

꽃보다 찬란한건
신록이다

신록보다 찬란한건
사랑이다

사랑가운데 서도
너와 같이 조그만

여자아이다

그대 만나러 갈 땐
그대 만날 희망으로
숨 쉬고

그대 만나고 돌아올 땐
그대 다시 만날 날을 기다리는
희망으로 또한 나
숨 쉽니다.

너를 위하여

별처럼 꽃처럼 하늘의
달과 해처럼

아아, 바람에 흔들리는 조그만
나뭇잎처럼

곱게 곱게 숨을 쉬며
고운 세상 살다 가리니

나는 너의 바람막이
팔을 벌려 예 섰으마.

모두 떠난 자리에
그대 단 하나
내게는 소중한 행운입니다

무너져 내린 가을 꽃밭
그대 단 하나
내게는 빛나는 꽃송이입니다

모두 떠난 자리에
그대 딴 하나
내게는 소중한 행운입니다

무너져 내린 가을 꽃밭
그대 딴 하나
내게는 빛나는 꽃송이입니다

바람 부는 산성 위에
오로지 그대
깨어지지 않는 하나의 나무입니다.

「딸래미」

나태주 엽서북

그리움 아이

왜 뜬금없이 전화를 걸었느냐고요?
하늘 흰 구름이 너무 멀리
떠 있어서

왜 까닭 없이 쓸쓸해졌느냐고요?
하늘 흰 구름이 어디론가 자꾸만
흘러가고 있기에

왜 짧게 전화를 끊고 말았느냐고요?
이쪽의 마음 길게 말하지 않아도
알 것 같아서

너는 바람 속에 피워

웃고 있는 가을 꽃

너는 새로 돋아나기 시작하는

초저녁 밤별.

흐르는 강물은 보이지 않고
키 큰 가로등도 보이지 않고
너의 맑은 이마도 보이지 않는다

그러나 여전히
강물은 흐르고
가로등 불빛은 밝고
너의 이마 또한 내 앞에 있었으리라

눈을 떠본다

너는 새로 돋아나기 시작하는
초저녁 밤별.

조금쯤 외롭고 슬프고 쓸쓸한 우리

그러나 끝까지는 불행하지 않은 우리

마음속에 짝사랑이란 꽃이라도 한 송이

오래 피어 있기에 다행이다.

세상의 모든 사랑은 짝사랑이란 말
마음 아프다

나는 너를 보고 있는데
너는 또 누구를 보고 있는 거냐?

조금쯤 외롭고 슬프고 쓸쓸한 우리
그러나 끝까지는 불행하지 않은 우리

마음속에 짝사랑이란 꽃이라도 한 송이
오래 피어 있기에 다행이다.

나태주 엽서북

네 어디에 있든지
마음과 몸의 평화
네게서 떠나지 말기를
나는 비노라

간절히 머리 조아려
빌고 비노라
항상 기도 잊지 말고
고운 생각 버리지 말라.

날마다 보고 싶다
다만 그립다

날마다 생각난다
안절부절

내일도 그럴 것이다

다만 잊지 않을 것이다.

너를 보면
볼 때마다 휘청!
비틀거린다

쓰러질 듯 쓰러질 듯
쓰러지지 않는
피사의 사탑

그런 나를 보고 너는
저의 미모에 반해서
그런 거라며 농을 놓는다

또다시 휘청!
마음속 바다가
한쪽으로 기운다

대숲 아래서

나태주

1
바람은 구름을 몰고
구름은 별빛을 몰고
다시 별빛은 대숲을 몰고
대숲 아래 내 마음을 박엽을 본다.

2
밤 새도록 댓잎에 별빛 어리듯
그늘진 등뒤에는 네 얼굴이 어리고
밤 깊어 대숲에는 후둑이다 가는 밤소나기 소리
그리고도 간간이 사운대다 가는 밤바람 소리.

3
어제를 보고 눈다 눈런지 눈고
어제밤 꿈엔 너를 만나 쓰러져 울었다
자고 나니 온둑덩엔 베마른 눈물자죽.
눈물은 여내 산들엔 실비만 안개.

4
모두가 내 것만은 아닌 가을,
해지는 서녘구름만이 내 차지다
동구 밖에 떠도는 애둘의 소리만이 내 차지다
또한 동구 밖에서붙터 돼어오르는 밤안개만이
내 차지다

하기는 모두가 내 것만은 아닌 것도 아닌
이 가을,
저녁밥 일찍이 먹고 우물가에 안빈 나를
달님만이 내 차지다
물에 빠져 머리칼 헹구는 달님만이 내 차지다.

대숲 아래서

1
바람은 구름을 몰고
구름은 생각을 몰고
다시 생각은 대숲을 몰고
대숲 아래 내 마음은 낙엽을 몬다.

2
밤새도록 댓잎에 별빛 어리듯
그슬린 등피에는 네 얼굴이 어리고
밤 깊어 대숲에는 후둑이다 가는 밤 소나기 소리
그리고도 간간이 사운대다 가는 밤바람 소리.

3
어제는 보고 싶다 편지 쓰고
어젯밤 꿈엔 너를 만나 쓰러져 울었다
자고 나니 눈두덩엔 메마른 눈물자죽.
문을 여니 산골엔 실비단 안개.

4
모두가 내 것만은 아닌 가을,
해 지는 서녘 구름만이 내 차지다
동구 밖에 떠드는 애들의 소리만이 내차지다
또한 동구 밖에서부터 피어오르는 밤안개만이
내 차지다

하기는 모두가 내 것만은 아닌 것도 아닌
이 가을,
저녁밥 일찍이 먹고 우물가에 산보 나온
달님만이 내 차지다
물에 빠져 머리칼 헹구는 달님만이 내 차지다.